闹腾学校系列

系列

拼血大赛

[美] R.L.斯坦　著　陶明天　蒋　珺　译

PINXIE DASAI

 接力出版社
Publishing House

闹腾学校人物秀

"你所看到的是一个真正的天才！"

伯尼·布里奇斯

最喜欢的口头禅："闹腾学校万岁！"

最喜欢的运动：从宿舍窗口往楼下扔灌了水的气球

最恼火的事：被抓现行

最大的秘密："我曾经也犯过一个错误。"

人生目标：当选为国王

"富得一场糊涂……
并因此而自豪！"

舍曼·奥克斯

最喜欢的口头禅："我不仅仅有钱，而且非常有才！"

业余爱好：收集钞票，新旧不限

最喜欢的读物：百元面额的美钞

最好的朋友：自己的钱夹子

最大的秘密：在屁股上文了一个美元符号

"不要因为我漂亮而嫉妒我！"

"春天的花骨朵"琼

最喜欢的口头禅："伯尼，滚开！"

最恼火的事：总是被伯尼纠缠

最喜欢的歌曲：《我觉得自己很美》

最大的秘密：曾有一天发型很糟糕

最喜欢的同学：在镜子中看到的那位同学

詹妮佛·艾克

"别惹我，小心我扁你！"

绰号：恐龙女孩

业余爱好：敲断别人的骨头

最大的秘密："我在和伯尼谈恋爱。"

最喜欢的口头禅："伯尼很喜欢我呢。"

目录

序幕

早上的通知

　　同学们，早上好！我是呕吐校长。请大家都各就各位，听我发布通知。

　　大家都知道，我每天早上都要通过广播发布重要通知。这也是我向大家问候早安的一种方式。我不用离开办公室，也不用看见你们傻乎乎的笑脸就可以问候你们，我喜欢这样。

　　（刺——啦——）噢，这声音太刺耳了！

　　难道没有人知道如何消除这刺耳的声音吗？

　　噢！

我希望大家能听清我的话。以下就是今天早上要发布的重要通知：

胳肢窝乐队的选拔赛今天将在二楼的男生更衣间举行。如果你会用一个胳肢窝或者是两个胳肢窝演奏的话，那你就可以参加这场选拔赛。但是不要只认为这是件好玩搞笑的事，大家都要严肃认真地对待这场比赛。

凡是在莎拉·曼尼乐老师第四节烹饪课上吃过炖乳鸽的同学请注意，今天上午务必到医务室去洗胃。

美术班的同学请注意，今天放学后三年级的比利·鲍勃·哈佛男将在体育馆展示他新的文身图案。

现在校园内张贴的那份海报出了一个小差错——这份告示是邀请大家参加"拼写大赛"，而不是"拼血大赛"。这次拼血大赛——噢，不不不，我的意思是，拼写大赛，将在星期五举行。大赛选用的词语全部是由三个字母组成的，所以难度还是很高的呢！但我还是衷心希望所有热爱拼血的同学都能参赛。哎？我刚说的是热爱拼血的同学吗？嗯，我的意思是热爱拼写的同学哦。

最后一条通知就是，四年级同学的厕所优先使用权将延长到本月底。

第一章
我很紧张吗?

　　我叫伯尼·布里奇斯。平时我总是面带微笑。真的，不信你随便抓个人过来问问。我的笑容就像阳光一样灿烂。不，简直就是阳光! 我那人见人爱的酒窝，杀伤力之大就更不用提了。

　　但是，今天我却笑不起来了。我那帅呆了的额头，因为心事重重而舒展不开;我那双明亮的大眼睛，在眼镜后面紧张地滴溜儿乱转。

　　是因为紧张? 我真的紧张吗?

　　这岂不是太阳从西边出来了?!

Yesterday

Today

伙计，太阳还真从西边出来了！我是有些紧张。我遇到个问题。

这个问题，弄不好会给我带来大麻烦，甚至会让学校把我一脚踹出去呢。

你们也许不会碰到我这个问题，因为你们每天放学都回家。

而我住在闹腾学校。这是一所寄宿学校，也就是说，我每天放学后不用回家，我和一帮同学住在宿舍里。

我们住在一幢叫"闹腾楼"的宿舍楼里。四年级和五年级的大多数住宿生都住在这里，我们大家都很喜欢这里。

我和我的死党占领了三楼的房子。我们之所以要占领三楼，是因为从三楼的窗户往下扔东西砸过路的人特方便。

害你夫人说，从楼上扔东西砸人是违反校纪规定的。她是个校纪通，整天呼扇着鼻子四处乱嗅，窥探我们的动静，时不时会冒出来指责我们违反了这项校纪、那项校纪。

但这就是她的工作。她是我们的楼长，负责管理所有住在闹腾楼的学生，还兼任四年级的班主任。

害你夫人就住在我们顶楼。我们觉得，她肯定在上面装了监视器。因为我们每次往楼下扔东西砸人都逃不过她的眼睛。

害你夫人高度近视，她的眼镜片就像冰块一样厚。

5

但她总是知道我们所有的动静！

这就是我为什么会这么担心！

如果她发现了我的秘密，那我就死定了！

我怎么会遇到这么大的麻烦？

嗯，这就是接下来要说的了。

第二章

这个电视是活的！

事情得从今天早上说起。

清晨我一起床就在微笑。笑得那么天真、那么开心。这世上还有什么烦恼吗？

我想没有。

我忠诚的死党贝尔彻用托盘把早餐给我送到了床前。他每天早上都会把早餐送到我床前。

贝尔彻真是个好孩子！

贝尔彻长得胖乎乎的，生了一头红发，脸上有几颗麻子。他今天早上穿着火红的校服。我们在学校都得穿校服。

但是，他在校服里面穿了一件白色的 T 恤衫。T 恤衫的胸口处用亮闪闪的蓝色写着几个字：我需要家庭教师。

有点可怜，是不是？

他总是穿这些蹩脚的 T 恤衫。但是，嘿嘿，我总是告诉他，他穿着这些衣服特帅。我喜欢让我的死党感觉良好。

贝尔彻给我倒好橙汁后，穿过客厅回自己房间了。

我懒洋洋地吃了一点东西：鸡蛋、腊肉、蓝莓松饼、土豆煎饼、燕麦饼、加了香蕉的玉米片和苹果馅饼。

这些都是有益健康的早餐，不是吗？

吞下最后一口苹果馅饼之后，我打了几个闹腾学校特有的、每日必不可少的饱嗝，一直打了好几分钟！

嗝嗝——

然后，我爬下床，穿上我的校服。

我对着镜子练习了一阵微笑："伯尼，你的笑简直能迷死人！"

哈哈，我真是幸福！天真！无忧无虑！

贝尔彻跌跌撞撞地闯进我的房间，双手抱着一个巨大的箱子。

"大，大箱子，寄，寄给你的，刚，刚到。"他结结巴巴地说，"我，我抱着它爬了三层楼。重，真重。"他最后嘀咕了一句，双膝一软，抱着箱子跪在地上。

"你干吗不把箱子放下来呢?"我问。

"哦,多聪明的主意!"贝尔彻手一松,箱子立刻掉到了地上。他自己也脸朝下趴在地板上,大口大口地喘着粗气。

这时,我的两个最好的死党费曼和克伦齐进来了。

费曼和克伦齐都长得高高瘦瘦、傻里傻气的。他们都是非常专注的家伙——一天二十四小时专注于玩乐。

费曼有个奇怪的癖好:趁别人稍不留神,他就会把随手拿到的任何东西都涂成红色。那克伦齐的爱好是什么呢?用气球制造出各种古怪的噪声。

真是两个非常有意思的家伙!

贝尔彻、费曼和克伦齐三个人挤在我这间巴掌大的房间里。他们一再恳求我一个人住大房间。他们知道我这么牛的人需要独立的空间、足够的安静,这样才能制订出伟大的计划。

"这个箱子里有什么东东呢?"费曼问。

我把贝尔彻从地上拽起来。

"可能是我的某个粉丝寄给我的礼物吧,"我说,"也可能是所有的老师集资给我买了一件特殊的礼物,仅仅是为了感谢我的存在。"

克伦齐围着箱子转了一圈。

"这个箱子真大,简直有我的房间那么大。"他说,"等你把箱子腾空之后,就让我住在这个箱子里吧,怎么样?"

"别酸溜溜的。"我说，我研究了一下箱子，"哦，这可能是'春天的花骨朵'琼送给我的一大箱巧克力。"

"春天的花骨朵"琼是我们整个四年级最酷、最靓、最抢眼、最自命不凡的女生。

"我觉得她也该注意我了。"我拍着箱子说，"想想看，也许是她送给我的一箱花吧?"

"伯尼，这箱子是你爸妈寄给你的。"费曼说，"你看看这边的落款，是本尼·布里奇斯夫妇。"

"是我老爸老妈寄的?"我感觉心里像被什么东东轻轻地撞了一下。对，有一点点酸楚。虽然我很喜欢闹腾学校的生活，但有时候也会想念老爸老妈。

他们是游记作者，所以他们总是在旅行。这也是他们送我到寄宿学校的原因。我们经常通过 E-mail 和手机联系。我常常告诉他们，我过得有多爽，这里的人有多崇拜我。

但这毕竟还是跟面对面聊天的感觉不同。

我端详着箱子："哦……这是老爸老妈寄给我的。"那会是什么东东呢?

或许是一辆小轿车?因为他们知道我从宿舍到教室走得很辛苦;或许是一个可以变换出几百种游戏的组合游戏屋?因为他们知道我学习太辛苦，应该让我的大脑得到片刻休息。

都不是——我突然间明白了!

"伙计们，你们为什么还不欢呼呢？"我激动地叫起来，"你们为什么还不赶快庆祝呢？来来来，快点开箱，让我们来狂欢吧！"

他们傻傻地盯着我。

"难道你们还没发现今天是我们的幸运日吗？"我说，"难道你们还没猜到箱子里是什么吗？是我向他们要了很久的大屏幕彩电！"

"对啊！"贝尔彻大喊一声，兴奋地挥舞着拳头，"噢，爽死了！"

"我总算让我老爸老妈相信电视具有教育功能了！"我太兴奋了，"我告诉他们，我每周都要看《危险因素》，这样就可以知道什么事不该做。"

"太爽了！"贝尔彻又大叫一声，他重重地拍了一下我的肩膀，"我们有自己的大屏幕彩电喽！"我们互击手掌，用闹腾学校特有的方式握了握手。

"可是，伯尼，"费曼把我拉到箱子背面说，"如果里面是彩电，为什么要在箱子上钻一些透气孔呢？"

"啊？透气孔?!"

我盯着箱子上的透气孔。然后，我们四个人都听到箱子里有爪子抓挠的声音。没错！有什么东东在箱子里抓挠！

"这是活的！"克伦齐尖叫一声，"这个电视是活的！"

"天哪，这个电视是活的！
这个电视会动的！"

第三章

什么东东这么臭？

　　我们听到箱子里面抓挠得更凶了。接着，还听到了咯咯呱呱的声音。毫无疑问，箱子里的东东是活的。我们必须马上打开箱子——马上！

　　贝尔彻拿来了工具。他们三个立刻投入了劳动：费曼和克伦齐用撬棍撬，贝尔彻用拔钉锤拔。我呢，当然是承担最重要的工作——给他们加油："使劲！好，干得好，伙计们！"

　　我对他们来说太重要了。

　　几分钟之后，箱子打开了，箱子的前板砰的一声砸在地上。我一下子惊得目瞪口呆——箱子里居然有两只动物！

一条狗和一只鹦鹉。

我的狗！我的鹦鹉！

"我的宠物！"我大喊一声，扑向前，一头扎进箱子去拥抱我那
胖嘟嘟的
斗牛犬。

流皮
——我那
美丽的绿
鹦鹉对我
说："吃个
胡桃！"

多甜
的话语啊！
这是谁教
的啊？不就
是我嘛！

"吃个
胡桃！"

哈哈，它逗得我肚子都笑疼了。

我使劲抱着我的狗："见到你太好了，伙计!"

它呼扇着鼻子跟我打招呼，嘴里淌出的哈喇子弄得我校服的前襟上到处都是。

贝尔彻把脑袋探进箱子问："可是彩电在哪里呢?"

"里面没有电视，傻瓜。它们是我在家里养的宠物。"我叫道，"肯定是它们特别想我，所以老爸老妈就把它们寄到学校来了。"

我太高兴了! 我一直在想念我的宠物，结果它们就来了。这太爽了!

我跳起来，一边给流皮梳理羽毛，一边轻轻地对它说："你是个好孩子吧，流皮? 你是个漂亮的孩子吧，流皮?"

"吃鸟粮噎死你!"它说。

流皮太聪明了，不是吗?

费曼和克伦齐跪在地上，伸手去抚摩我的斗牛犬。结果听到两声震耳欲聋的叫声——

汪汪!

是我的斗牛犬叫了两声。费曼和克伦齐突然停止了抚摩。

费曼满脸惊讶："哎呀，什么东东这么臭?"

"是狗的臭味!"克伦齐叫道，"伯尼，你的狗，真臭!"

"你憋住气,"我说，"臭味很快就散发掉了。"

"我一直在憋气!"贝尔彻喊道，"但一点用都没有。"这个可怜的家伙憋得眼泪都流下来了。他捂着鼻子，一个跟头栽出门外。

"哦，天哪，真臭!"费曼咕哝着。

克伦齐一个跟头栽到窗子前，打开窗户，把头伸出窗外。

"伯尼，你的狗叫什么名字?"费曼问。

"叫加森。"我说。

费曼点点头："不错的名字。"

第四章
到处都是鸟屎

费曼和克伦齐都把脑袋探出窗外呼吸新鲜空气。过了两分钟臭味就散发掉了。看吧，我说过这臭味很快就会散发掉的嘛！

我把我的甜心狗狗抱起来，放到我床上。它把嘴伸到我枕头下面，喘着气睡着了。

我的鹦鹉流皮站在它的铁架上，自己尖声叫个不停。我把铁架从箱子里拿出来，安装在靠床的墙角里。

我的宠物都来了，我太高兴了！这个时候，我根本没有意识到这会带来什么麻烦。

"嘿，你看——"克伦齐指着地上的箱子说，"老大，箱子里有你父母写给你的信。"他把身子探进箱子，从里面拽出一张纸，"嘿，这纸上面是什么东东啊？"他把纸从右手换到左手。他的右手上全是黄黄绿绿、黏黏糊糊的东东。

费曼哈哈大笑着说："那是鸟屎。"

"呃？"克伦齐闻闻自己的手，"是吗？"他看看左手，又看看右手。现在他两只手都是那黏黏糊糊的玩意儿。

费曼把头往后一仰，大笑不止："那是鸟屎，小心啊！"

克伦齐快步向前，对费曼说："来，握个手吧。"他抓住费曼的手一个劲地晃起来。

"啊呸——"费曼一脸的恶心。他双手已经粘满了鸟屎。

克伦齐双手在费曼的衣袖上乱蹭一气，然后他举起双手说："全擦干净了。"

"你个蠢货！"费曼生气地大叫一声，伸手在克伦齐的脸上擦了一把，弄得克伦齐满脸都是鸟屎。

克伦齐把粘满了鸟屎的信一把按在费曼的脸上，还擦了一圈。费曼气急败坏地扯了一把，信被撕成了两半。他把那黏黏糊糊的鸟屎直接填进克伦齐的嘴巴。

我跟你说过什么来着，真是两个爱闹腾的家伙！

23

"呃……好了伙计们，别闹了！"我说，"让我看看信上都写了些什么。"

听我这么一说，他们这才停下来回头看着我。两人浑身都是鸟屎：脸上、手上、校服上，到处都是黄黄绿绿、黏黏糊糊的鸟屎。克伦齐正在不停地擦嘴上的鸟屎。

"让我先来辨认一下吧。"费曼把那一半信从克伦齐嘴里抽出来，说，"哦——信上说，你父母要离开好长一段时间。他们实在找不到人照看你的宠物，如果你不照顾它们，就只能把加森送到流浪犬收容所，把流皮送到动物园了。"

"我才舍不得呢！我来照顾它们。它们是我的心肝宝贝！"

"可是，伯尼，你不能照顾它们。"克伦齐吐了一口鸟屎说，"你会倒大霉的！"

我瞪了他一眼："是吗？为什么？"

克伦齐一边擦头发上的鸟屎一边说："当然了，你应该知道这条校规的——禁养宠物。"

我的后背不由得冒出一股凉气。克伦齐说对了——闹腾学校的确有规定，禁养宠物！

"如果你让害你夫人逮着了，那你就会……"克伦齐一边说一边用手在自己脖子上做着切肉片的动作，"被她切成肉片!"

克伦齐又说对了——如果害你夫人发现我在寝室里藏了动物，她就会告诉呕吐校长，那我就得从学校滚蛋了。

我想我真的遇上大麻烦了，除非我能想办法把宠物流皮和加森藏起来，否则我就会被下一趟班车送回家去。

我有气无力地一屁股坐在床上，看着躺在我床上打着呼噜睡得正香的斗牛犬。我下定决心，我必须保护我的宠物。但我怎么藏啊，藏哪儿啊？

费曼和克伦齐把箱子从我的房间拖出去后，就去洗澡了。

也就是在两秒钟后，我听到害你夫人的鞋跟敲在走廊上的声音。她正在往我的房间走来！

"安静，流皮。"我悄悄说，"别出声！"

"吃个胡桃！"流皮尖声说。

害你夫人一脚踏进我的房间，透过厚厚的眼镜片，眯眼看着我："伯尼，你在跟谁说话？"

第五章

好险！

"哦，跟谁说话？没有啊，我在和我自己说话啊！"我说，"我在给自己打气！激励自己做一个比现在的我更加出色的学生。"我站起来紧紧握住害你夫人的手，"您大大地激励了我，害你夫人。谢谢您不断激励我努力学习，好让我成为一个比现在更要伟大的人。"

害你夫人疑惑地笑了笑："很好，伯尼。"

"我靠！"流皮又咯咯地说，"我靠！"

我靠！

害你夫人又眯眼看着我："你说什么？"

"没什么，我只是清了清嗓子。"我说。

她目光越过我，看到了我身后的鸟架，顿时吃惊得下巴都快掉下去了："哦，天哪！那是鹦鹉吧？你把鹦鹉弄到宿舍来了？"

我回过头去说："您是说那只小靠枕吗？这靠枕不错，是吧？那是我妈妈从家里寄过来的。它的造型的确很像只鸟，是不是？"

"我靠！"流皮又叫了一声，"我靠！"

害你夫人脸上的笑容消失了。她半眯着眼睛对我说："伯尼，学校有规定禁止养宠物，你知道不知道？你床上躺的是一条狗吧？哦，天哪！天哪！"

"狗？狗在哪儿呢？您是说那袋要洗的脏衣服吧？"

"让我仔细看看。"害你夫人严厉起来，"伯尼，你应该知道严禁养宠物的校规的。如果你在宿舍里养宠物，我只好把你交给呕吐校长处理了。他肯定会高兴得跳起来的——他终于找到开除你的理由了！"

"您的意思是呕吐校长不喜欢我？"我非常无辜地说。

"他对你恨之入骨！"她说，"来，让我好好看看这是什么。"

啊?！绝对不行！我绝对不会让她看清楚的！

"害你夫人，我看您的眼镜片有点模糊了，"我说，"让我帮您擦擦吧。"我摘下她的眼镜，非常用力地用我的大拇指把眼镜片摸了个遍，然后把眼镜还给她，"好了，现在应该好多了。"

她戴上眼镜，使劲眨了几下眼睛。

"脑子进水了！"流皮又叫了一声。

"怎么搞的，我什么也看不见了。"害你夫人说。她的眼睛在模糊不清的镜片后不断地眨巴着。

"您今天太精神了，害你夫人。"我说，"您是不是新做了头发啊？"

"没有啊，我没做。"

害你夫人在房间环视一周，什么也没有发现："伯尼，那只鸟哪儿去了？"

"鸟？我没听到鸟的声音。"我说，"我知道您肯定换了发型。您看起来起码年轻了十岁，真的！"

"偷吃鸟粮噎死你！"流皮又叫道。

害你夫人摘掉眼镜，又戴上眼镜。斗牛犬加森就在她的正前方，但现在她的眼前一片模糊。

我听到加森发出很大的声音：

扑哧扑哧！

害你夫人还想说什么，突然她的嘴张得大大的，倒吸了一口气，叫道："这是什么味？真令人作呕！伯尼，怎么这么臭？"

加森又玩它的恶作剧了。

快快开动你的脑筋啊，伯尼！快快想对策。

"呃……那肯定是松饼上的蓝莓发出的味。"我指着早餐托盘说，"我觉得它们放的时间太长，变味了。"

害你夫人捏着鼻子说："我闻着不像是蓝莓的味。难道你的肚子不舒服?"

接着，她又盯着早餐托盘问："伯尼，你为什么在宿舍吃早餐？为什么不去食堂吃？"

我从盒子里抽出一张纸巾。"我今天早上鼻子有点塞。"我说，"我可不想传染给任何人。"

害你夫人朝我温和地一笑："你很会替大家着想啊！"

我谦逊地低下头："我只是想给大家树立一个良好的榜样而已。"

"我靠！"流皮又叫了，"偷吃鸟粮噎死你！"

第六章
卖不出去的兑奖券

谢天谢地，宿舍里的宠物总算没被发现，总算是过去了！

可以说，任何一个正常的学生，在去上课的时候都必须自己背书包。但我——伯尼就不用自己背。现在你应该知道我有多了不起了吧！

你应该已经明白我这位大师刚才的杰作了吧？至于我刚才在害你夫人的眼镜上做手脚的壮举，简直可以载入史册！

但我觉得，这事只是暂时被搪塞过去了，还不能说害你夫人已经完全被我骗过去了。她是很精明的，说要对我宿舍多加一只眼睛进行监视。我可不喜欢听到这样的话。

但我又能怎么办呢？我必须保护我的宠物。在我看来，它们不是宠物，而是我的两个兄弟。只不过有点毛茸茸、臭兮兮而已。

我一定要想出一条妙计。我知道应该把流皮的架子蒙上，这一招每次都会管用，至少会让它暂时闭嘴。但我该怎样藏加森呢？

天哪，我要迟到了。我把两只宠物都藏在宿舍的自习室内。我知道它们在那里很安全，因为从来没有人进过自习室。

几分钟后，我一边下楼，一边高速转动我的大脑，寻找对策。

我穿过起居室——也就是我们的公用空间——的时候，跟外号叫"大头"的同学比利打了声招呼，他正趴在桌子上看连环画。

我们为什么叫他"大头"比利呢？因为……嗯……他是四年级的学习尖子。他的平均成绩总是在 C+ 以上。这在全校历史上都是最好的成绩！

他的成绩怎么会这么好呢？因为他学习很刻苦。哦，这个"大头"，居然能够坚持每天晚上都学习半个小时。这在全校历史上也是创纪录的。

我出了前门，走下台阶，一路慢跑，穿过大草坪，往上第一堂课的地方跑去。

阳光明媚，天空碧蓝如洗，没有一丝云彩。地上的青草发出绿油油的亮光。我背上的书包随着我的步伐也一蹦一跳的。书包空荡荡的——书全部由贝尔彻代劳了。

这时，我看见费曼和克伦齐也正往教学楼走。我跑过去追上他们。

"你的鼻子里还有一些绿屎呢。"我告诉克伦齐。

克伦齐急忙用手指头把鼻子里的鸟屎抠掉："你打算把这两个宠物怎么办呢，伯尼？"

"它们很安全，"我说，"我把它们藏到一个从来没进过人的房间里了。"

"你是说自习室吧？"

"对。"我说，"现在我们来谈谈生意的进展状况，伙计们。给我汇报汇报，兑奖券销售状况如何？"

克伦齐摇着头说："状况不好。"

"根本就卖不出去。"费曼说。

我的心不由得一紧："你们的意思是说只卖出去一百张，或者两百张？"

"没有，一张都没卖出去。"费曼说，"没有人愿意花两美元买你的兑奖券。"

"噢?"我惊讶得下巴都要掉下去了，"为了如此伟大的一个目标，也没有人愿意买兑奖券？我们都吃腻了没烤透的比萨饼，难道不是吗？销售兑奖券所得的每一分收入都将用来给食堂添置比萨饼烤箱。想想这个目标吧，伙计们！再过几周，我们就能吃上烤得松脆的比萨饼了，又脆又酥的比萨饼！你们看，我都要流口水了！我已经在流口水了！"

费曼摇头说："所有的人都认为你会把卖兑奖券的钱全部霸占掉。就像前两次一样，伯尼。"

"太不像话了！"我说，"怎么会呢？是害你夫人让我发行兑奖券的。她让我负责一切。我绝不能让她失望，伙计们。我们必须把兑奖券卖出去。"

克伦齐瞥了我一眼："是害你夫人让你发行兑奖券的？"

"是啊。"我说，"当然，她是在我的睡梦里告诉我的。但这也算数的。绝对算数！"

"可是，伯尼，"克伦齐说，"大家都想知道奖品是什么。你销售兑奖券总不能没有奖品吧！"

"当然有，将会有非常酷的奖品！"我说，"只是我还没有想好。你就告诉他们奖品保密。奖品太特别了，所以必须保密。"

我的两个伙计耸耸肩膀。"他们不肯买的,伯尼。"克伦齐说,"就连二年级的学生也不愿意买。费曼和我都觉得你应该放弃。"

"放弃?"我暴跳如雷,"放弃?然后一整年都吃那恶心的比萨饼?那我宁愿饿死!"

"可是,伯尼……"费曼刚开口就被我打断了。

"哦,伙计们!等等,"我说,"你们卖给舍曼了吗?"

舍曼就是那个被宠坏了的富家子弟,他是我在这个星球上最大的敌人。他住在我们对面被称做"豪楼"的宿舍楼里。我们都恨那幢楼。

"没有。舍曼一张都不愿意买。"费曼说,"他说他就喜欢吃没烤透的比萨。他还愿意多花钱买没烤透的比萨皮呢。"

"他会买的。"我嘀咕了一声,"嘘——他来了。"我指着前方说,"现在,让我给你们上堂示范课吧——让你们看我是怎么向他推销的。现在,请你们躲到树后面看我的吧!"

费曼抓住我的胳膊说:"他不会买的,伯尼。你不告诉他奖品是什么,他是不会买的。"

"你看我的就行了。"我说,"我会让他哭着喊着求我卖兑奖券给他的。我要让他求我!"

我正搓着双手，想着该怎么摆平舍曼这小子的时候，舍曼已经走过来了。

"嗨，舍曼。"我喊道，"舍曼，你等等!"

第七章
宠物机器猫

舍曼听到我的喊声，回头朝我一笑——完美的、灿烂的一笑。他的金发梳得纹丝不乱，校服熨烫得挺括平整，皮肤晒得黑黑的，蓝眼睛闪闪发光，薄薄的嘴唇上挂着一丝讥笑。

他背着一个鸵鸟皮的双肩包，包上的价签还没有撕掉，上面写着$300。他上衣口袋里露出半截铂金壳的 iPod。

他摘下耳机，脸上挂着讥笑："伯尼，我听说你在宿舍里藏了两只宠物。"

天哪！

我的宠物半个小时前才到呀！他是怎么发现的呢？我在这个星球上最大的敌人是怎么发现我最大的秘密的呢？

　　我不由自主地挠挠头发。突然，我觉得有些头晕。我的胃里一阵翻腾，有些恶心，我想吐！

"宠物？我不明白你在说什么。"我做出一副无辜的样子，"这些无中生有的谣言到底是怎么来的？"

舍曼那令人作呕的讥笑更加明显了。

"在豪楼，我们热爱校规并遵守校规，"他说，"所以我们没有任何麻烦。你明白我的意思吗？"

他是在威胁我吗？他是不是在威胁我说，他要向呕吐校长打小报告？

舍曼伸出手和我握手："我只是想跟你道声再见，伯尼。这或许是我最后一次看见你了。我的意思是说，万一我不小心说漏了嘴，让呕吐校长知道了你养宠物的事情……"

啊，他果然是在威胁我！

"我干吗要养宠物？"我说，"我对宠物过敏，就连提宠物两个字我都浑身发痒。"我开始抓挠，把浑身上下抓了个遍。

"你需要一只我这样的宠物，伯尼。"舍曼指着脚下一个亮闪闪的金属疙瘩说。

"我简直不敢相信，"我说，"你居然随身携带着个人专用的垃圾桶。"

"这是数码机器宠物。"舍曼说，"它价值一千美元，是我父母送给我的。他们想用昂贵的、炫目的玩具来收买我的爱。"

那玩意儿的样子看上去有点像只猫。

"来，开开眼界吧。"舍曼说着，取出一个遥控器，瞄准机器宠物，"来，过来！跟伯尼打个招呼，钱钱。"

"钱钱？"我问，"你给它取的名字是钱钱？"

"是啊。这名字很酷吧？"舍曼按了几下按钮，"来，打个招呼。"

那只小机器发出了声音："喵喵。"

舍曼大笑着说："是不是很神奇呀？再看看这个。"

他又按了几个按钮。

那只宠物机器猫在草地上跑起来，跑了很大一圈；然后打了个滚；然后腾空跳了几下，还摇了摇它的金属尾巴。

舍曼得意地笑了。

他跪下来拍着宠物机器猫："好孩子！做得好，钱钱！好！"他抬头看着我，"明白了吧？这样的宠物不会给我添任何麻烦。"

"让我来试试。"我从他手上抓过遥控器，按了几个按钮。

机器猫一爪子抓在舍曼的脸上。抓得又准又狠，而且开始用力挤压。

"哇呀！伯尼！停下来！"他尖叫着，"快让它停下来！

哇！它抓疼我了！"

　　我看看遥控器。"我不太会使这个玩意儿。"我说，"你是怎么操作它的？我一点都看不明白这些按钮。"

　　"让它停下来，让它放开我！"舍曼号叫着说。

　　"太复杂了。"我摇摇头说，"这么多的按钮，我应该按红色的，还是按蓝色的？"

　　"哇！它又抓我的脸了！快让它停下！"

　　我按了遥控器上一个黄色的按钮。机器猫立即咳出一团金属毛粪石，扎进他的脸。

　　"哇！哇哇哇哇！"舍曼哭叫着。

哇哇哇哇！

　　"它在抓我漂亮的脸蛋！"他哀号着。

　　我要不要给这个家伙一个喘息的机会呢？

第八章

我的幸运日

当然！了不起的伯尼是个好人。我当然会给他一个喘息的机会的。

又过了一会儿，我才让机器猫松开爪子。

"非常抱歉，"我说，"可惜的是我不会操控这玩意儿。"

舍曼跟跟跄跄的，好容易才站稳脚跟。他的脸颊一片青紫。

"谢谢，伯尼。那是关闭键。"他说着，拾起机器猫，使劲地摇晃着，连声训斥，"坏蛋！坏蛋！今天晚上不给你换新电池。"他向我解释道，"我每次给它换电池它都很高兴。"

"我很高兴总算救了你。"我说，"毕竟今天是我的幸运日嘛！"

舍曼朝我眨巴着他那天蓝色的眼睛："哦？你的幸运日？今天？"

我点点头，说："对！今天是我的幸运日。"我从口袋里抽出一沓兑奖券，"看看吧，这是比萨饼烤箱兑奖券。我买到了最后十张。"

舍曼盯着我手中的兑奖券，说："你买到了最后十张？"

"是啊，这最后十张兑奖券属于我的了。我不会把它们卖给任何人。"

我把兑奖券在他眼前使劲地晃了晃。

舍曼的嘴巴张大了，还开始流口水了："最后十张？你没骗人？兑奖券全是由你操纵的，对不对？奖项已经内定了，对不对？你肯定把中奖兑奖券留在自己手里了！"

我朝他咧嘴一笑："我会这样做吗？那不就成作弊了吗？你不会觉得我是骗子吧？"我又把兑奖券在他眼前晃了晃。

"我要把它们全买下来。多少钱？你开个价。"

"才不卖呢！"我说，"我干吗要把最后十张兑奖券卖掉?"

舍曼的口水都流到下巴上了，眼珠子都快瞪出来了。他喘着粗气说："多少钱，伯尼？卖给我吧。我出两美元怎么样？每张兑奖券我出两美元，行不行？"

他伸手来抓兑奖券。我闪开了。

"哦，不行！"我说，"你太贪心了，舍曼。你知道我这些兑奖券里面有中奖的。你想从我这里占便宜，那不成！我们应该公平交易。"

"那好吧。"他说，"四美元。每张四美元怎么样，伯尼？四美元！"

我假装在掂量，闭上眼睛，摸着下巴。

"好吧。"我最终下了决心一般，"我虽然很心疼……不过四美元就四美元吧。"

"谢谢你！谢

谢你!"舍曼高兴地叫起来。他递给我一卷美钞,我把兑奖券递给他。

"哇!最后十张兑奖券!"他说,"谢谢你了!"他捡起机器猫向教室跑去。

我等他走了,数了数钱——整整四十美元啊!

我真是太高兴了!了不起的伯尼又成功了。

但是,对宠物的担忧让我顾不上享受这笔钱带给我的快乐。舍曼知道我养了宠物。如果他给呕吐校长打小报告怎么办?

我必须采取措施,把它们藏起来。而且必须马上行动!

第九章

舍曼告密了

我转身追上费曼和克伦齐。

"舍曼太容易搞定了。太容易了！"我一边说，一边把那沓美元在他们鼻子面前晃来晃去。

他们惊讶得舌头都伸出来了，甚至像我的斗牛犬加森一样开始喘粗气。

"不过，我还有个大麻烦。"我说，"害你夫人差点把我抓了现行，她差点看见流皮和加森。舍曼也知道我养宠物的事了，我担心他会向呕吐校长打小报告。"

我用一张美钞擦了擦额头上的汗珠："如果我们不能

找到更好的地方来隐藏加森，那我就要坐上下一班班车，跟你们挥手说再见了。"

"可是，伯尼，你的狗有臭味儿！"费曼说。

"费曼，你自己身上的味道也好不到哪里去。"我说。

"我有办法了！我们可以给狗穿上衣服。"克伦齐说，"把它假扮一下，比如说，扮成一只猫。"

"扮成一只猫？"我喊道，"那有什么用？在害你夫人看来还不照样是宠物吗？"

克伦齐摸着他的下巴说："噢……如果她以为这条狗是猫，她或许就会迷糊了。"

我拍拍克伦齐的脑袋。"我跟你说了多少次了？让你中午之前不要动脑子。这对你的大脑来说实在是个太恐怖的负担。"

"对不起，伯尼！"

我们一边讨论一边走，不知不觉地来到一片苹果树林。树林旁边是一栋高高的旧砖楼，墙上爬满了常青藤。这就是我们的教学楼，我们所有的课都在这里面上。

我踩着上课的铃声偷偷地溜进教室。害你夫人正坐在讲桌后面，低头擦着眼镜。

我蹑手蹑脚地溜到座位上。我的座位夹在费曼和克伦齐之间。这时，呕吐校长的声音在大喇叭里响起来。喇叭

49

发出刺啦刺啦的杂音，要听清呕吐校长的话实在是很费劲。

"同学们请注意，现在我要发布两条特别通告。"校长说，"第一，食堂门口的迎宾女模特，少了一条腿。是谁偷了，谁心里明白。请你把它放回原处，我们不会追究你的责任。"

很多学生听了这条通知，禁不住咯咯地偷笑起来。

"第二条，"呕吐校长继续说，"有十二名同学报名参加拼血大赛。我必须强调一下——我们要举行的是拼写大赛。这些同学太迷糊了！"

"到目前为止，"他说，"还没有人报名参加拼写大赛。所以，我们决定降低大赛的难度，只采用由两个字母组成的单词。我希望你们听了这个消息，都来参加比赛。谢谢。"

害你夫人站到了讲台上。她的眼镜反射着光芒，亮闪闪的。她开始讲课："今天，我们要展开一个有趣的话题——谈论各州的首府。"

全班同学都开始打哈欠。

费曼把脑袋趴在桌子上。他已经睡得很香了。

"哪位同学知道南达科他州的首府在那里？"害你夫人问。

没有人举手。

"南达科他州是一个很重要的州。"害你夫人说，"有没有人知道它的首府是哪座城市？"

贝尔彻举起手说："是不是法国呢？"

害你夫人摇摇头说："来吧，孩子们，好好想想。你们应该知道的。"

贝尔彻又举起手说："是不是北达科他州呢？"

"你是想开玩笑吗？"害你夫人问。

贝尔彻怯生生地瞟了害你夫人一眼："没有，我没有开玩笑。"

"我对同学们的表现感到吃惊。"害你夫人说，"我要求大家昨天晚上预习各州的首府。我……"

她突然不说了，因为她发现根本没有人听讲。

全班同学都转头看着窗外。

他们在看什么呢？

我从凳子上跳起来，好看清楚外面有什么。

"噢，天哪！"我被吓得惨叫一声。

是加森！我的斗牛犬！

它竟然从宿舍跑出来了。这条胖乎乎的斗牛犬正趴在窗台上，往教室里张望。它嘴里叼着的，就是食堂迎宾女模特的大腿！

同学们纷纷指点着窗外，发出阵阵尖叫声。还有一大堆人跑到窗边，想看个仔细。

我一屁股坐回凳子，闭上眼睛。

"那是谁的狗？"害你夫人问，"有人知道吗？那是谁的狗？"

舍曼·奥克斯响亮的声音穿透这一片嘈杂之声传了过来："是伯尼的，是伯尼的狗！"

第十章

加森被绑架了！

害你夫人非常生气地把我拽到一边，问："那是你的狗吗？"

"狗？什么狗？"我做出一脸无辜的样子，"我根本就没有看见什么狗。"

害你夫人透过厚厚的眼镜片瞪着我："伯尼，难道你还想隐瞒吗？就连我都看见了那条斗牛犬嘴里叼着模特的腿！如果你在校园里养宠物的话，我只好向呕吐校长汇报了。"

我举起双手投降了。

"好吧，害你夫人，"我说，"你逮着我了。我认错。我在房间里养了十六条圆头小狗、两只鸭子和一头灰熊。"

"别开玩笑！"她说，"今天晚上我要到你们宿舍举行每晚常规的互祝晚安握手礼。到时候，我要把你的房间彻彻底底地检查一遍。"

互祝晚安握手礼是闹腾学校的传统之一。每晚在熄灯前，每个宿舍都要举行这个仪式。

害你夫人总是每天晚上九点左右来到我们宿舍楼。她要视察所有的房间，以确保所有的同学都在宿舍。

然后，她会问候每个人："你今天怎么样？过得好不好？"并和大家一一握手。

以握手礼来结束每一天还是不错的。但如果你宿舍里藏了一条斗牛犬和一只鹦鹉，情况就不那么好了。

害你夫人透过眼镜瞥了我一眼："如果你在宿舍里藏了宠物，我会发现的。"

"我会帮您找的。"我说，"如果有人在宿舍里藏了宠物，我们一定会找到的，是不是？"

几分钟之后，我匆匆忙忙地穿过大草坪，赶回宿舍。我一路垂着头，缩着肩膀，拼命地想对策。

害你夫人今天晚上要搜遍我宿舍的每一个角落，那我根本没办法藏住流皮和加森。我在劫难逃了！

太阳慢慢地从树梢上落下去，在草地上投下长长的影子。

突然，我看见舍曼·奥克斯正在穿过草坪。这个邪恶的舍曼，总是挖空心思找我的茬儿。

他背着鸵鸟皮的双肩包，肩膀上还背着一包鼓鼓囊囊的东西——是一包换洗的衣服？

舍曼为什么要背着一大包换洗衣服穿过草坪呢？

我决定跟踪他。舍曼走得气喘吁吁的，脚步变得越来越蹒跚。看来包裹很重。

我一直躲在树荫里跟踪他。我离他越来越近，越来越近……

啊呸！一股令人作呕的臭味扑鼻而来。

我捏住鼻子，但一点用都没有。

是加森——

舍曼背的不是换洗衣服，而是我的宠物！我的宠物加森！他绑架了我的斗牛犬！

舍曼要把它背到哪里去呢？

我一直沿着树荫，从一棵树迅速地移到另一棵树后面，一路跟踪着他，最后竟然跟踪到呕吐校长家门口。

原来舍曼准备出卖我！他想把我的狗交给呕吐校长。

　　那么，接下来他就该对我说："伯尼，再见了。"我也只好搭上班车回家了。

　　结局不错，是不是？

　　舍曼把加森放到地上，然后用皮带把加森捆住，接着把皮带的另一头拴在呕吐校长家门口的小树上。

　　然后，他走上台阶，按响了门铃。

I.B.
ROTTEN

　　我必须迅速行动。如果呕吐校长出来看见加森，那就
一切都完了！

　　但是，我该怎样做呢？

第十一章
舍曼弄巧成拙

快快开动脑筋，伯尼。快快想办法！

我一回头，看见贝尔彻正在草坪上闲逛。我向他招手说："贝尔彻——到这儿来，快点。"

贝尔彻像皮球一样迅速地向我弹过来，他累得气喘吁吁的，肚子在 T 恤下面一起一伏的。

"什么事，老大？"他问。

"嘘——来不及解释了。"我把贝尔彻拉到加森旁边。加森一看见我，就疯狂地向我摇着尾巴。加森知道我要救它了。

我把加森身上的皮带解下来，在它嘴上轻轻地拍了拍，它就嗖地跑开了。

然后，我把皮带拴到贝尔彻的脖子上，对他说："快，坐下来！"

贝尔彻脖子上拴着皮带，乖乖地坐在草地上。

我拍拍他的脑袋说："好孩子。等呕吐校长出来后，你就说：'是他把我拴在这里的。是舍曼把我拴在这里的。'记住了吗？"

"记住了，老大。"贝尔彻朝我竖了一下大拇指，说，"我要拴着皮带等多久？"

我还没来得及回答，校长家的大门就开了。舍曼正把呕吐校长往小树这边拽呢。

呕吐校长是个小个子，身材跟我们四年级学生差不多。他每天都穿同样的西服。我想，他那西服要是脱下来，肯定就像木偶人的空壳，能立得住。

我赶快躲到灌木丛后面，透过树缝看着他们。

舍曼显得很兴奋，乐得脸上都开了花。

"我有证据证明伯尼在学校里养了宠物，"他对校长说，"证据就在这里——这是伯尼的狗。"

呕吐校长低头看着贝尔彻。贝尔彻坐在草地上，很伤心的样子。他拽着脖子上拴得紧紧的皮带说："是他把我拴在这里的，是舍曼把我拴在这里的！"

舍曼惊讶得目瞪口呆。他的眼珠子都快鼓出来了。

呕吐校长朝他吼道："你是在跟我开玩笑吗？你知道我是缺乏幽默感的。我不喜欢开玩笑！"

"可是……可是……可是……"舍曼结结巴巴地说不出话来。

"把贝尔彻给我解开！"呕吐校长命令，"校规规定，不许捆绑学生。"

　　"好的，先生。"舍曼小声地说。他把皮带圈从贝尔彻的脖子上卸下来。贝尔彻揉着自己的脖子。

　　就在这时，从舍曼的背包里传出来很响的喵喵的叫声。

　　"告诉我你包里是什么？"呕吐校长命令道。

　　"呃……没，没什么。"舍曼说。

"听起来好像是只猫。"贝尔彻说。

书包里又传出一阵很大的喵喵声音。

"舍曼·奥克斯，你在书包里藏了宠物吗？"校长说，"打开你的书包。给我马上打开！"

舍曼叹口气，从肩上摘下书包，拉开拉链，从里面拿出机器猫。

机器猫喵的一声掉在草地上，用两只爪子抓住呕吐校

长的裤腿。

"它抓住我裤腿了。"呕吐校长叫道，"把它给我拿开！它在撕我的裤子！"

舍曼使劲地拽着机器猫，想把它从呕吐校长的裤腿上拿掉，但怎么也拽不下来。

贝尔彻在树丛后找到我，我们撒开腿，往闹腾宿舍跑去。

真是一个恐怖的下午！

在我们身后，只听得呕吐校长对着舍曼尖叫："把这玩意儿给我关了。给我关了——把电池给我！"

嘿嘿，了不起的伯尼又赢一局！

"伯尼，你看这是什么，从舍曼的书包里掉出来的。"贝尔彻一边说，一边递给我一卷兑奖券。

"哇塞！这是我卖给他的十张兑奖券。"我说，"太棒了！我要把这些兑奖券再卖给他。以双倍的价格卖给他！"我边说边把兑奖券塞到自己口袋里。

我的感觉好极了。但我知道，这场宠物之战并没有结束。我知道舍曼是不会罢休的。

而且，害你夫人今天晚上要来检查我的宿舍。我亲爱的宠物并没有脱离危险。

第十二章
大难临头

晚上，在食堂吃饭的时候，我除了吃完自己的一份之外，把贝尔彻的一份也给吃了。我一天到晚脑子里想法多多，消耗的能量当然也多一些。

晚饭后，大多数学生都回到宿舍做作业。费曼、克伦齐和我也在学习——我们在客厅里学习如何更好地玩游戏。

我抬头看看表，都快九点了。噢，天哪！快九点了！我知道我大难临头了。

九点是熄灯的时间，也是握手说晚安的时间。我听到害你夫人下楼的脚步声。

我跑回自己房间，用布把流皮的鸟架盖起来。"我靠！"流皮被盖上后还在叫，"我靠！"

但过了几秒它就安静下来了。

我把加森搬到床上，藏在床罩底下。"你要一动不动的。"我告诉它。

"闭嘴！"流皮说。

我又在鸟架上又盖了十多件 T 恤衫，好把流皮的声音盖住。

然后，我在床上躺下来，想把加森顶得鼓起来的包给遮掩过去。我能遮掩得过去吗？透过敞开的宿舍门，我看见害你夫人进了对面的房间。她正在跟费曼握手。费曼说："晚安，害你夫人。"害你夫人又依次跟克伦齐和贝尔彻握手。

"把这些气球拿走。"害你夫人对克伦齐说，"你明天再制造那些古怪的噪声不迟嘛！"

呵 呵 呵 呵⋯⋯

那三个家伙笑个不停，活像疯子。

害你夫人转身向我的房间走来——

这一时刻终于到了。最大的考验来了。

"害你夫人，您好。"我说，"今晚真是一个美好的夜晚，是不是？"

"闭嘴!"流皮说。流皮的声音虽被衣服蒙住了,但害你夫人还是能听到一点。

害你夫人从眼镜后面瞪了我一眼:"你说什么?"

"我说,请进!"

"我就是要进来看看。"害你夫人扫视着屋子说。

"吃羽毛吧!"

流皮在鸟笼里说。

"伯尼,你刚说什么?"

"我说,不会下雨吧。我的意思是天气不错。"

害你夫人开始在我的房间里寻找宠物。她呼扇着鼻子找遍了每个角落——她检查了我的壁橱,审视了我装衣服的抽屉,甚至还跪在地上检查了我的床底。

"伯尼,我不喜欢你脸上的那种微笑。"她说,"我知道你在屋里藏了宠物。"

"我这样笑仅仅是因为我很高兴见到您。"我朝她漾了漾我那迷人的酒窝,"害你夫人,您总是把阳光带给所有的男生。"

"别打岔!"她叹了口气说,"我找不到你的宠物。或许我该说晚安了。"

她开始和我握手告别,但很快就停下了。

她的眼珠子鼓了出来,嘴巴也张得大大的。

她盯着我的床。她死死地盯着我的床——加森把头从床罩底下探出来了，它抬起脑袋，看着害你夫人。

"呃……这个嘛，我可以给您解释解释。"我说。

第十三章

惊险闯一关

快快开动你的脑筋，伯尼。快快想办法！

"害你夫人，您还没有见过这位新来的同学吧？"我说。

害你夫人使劲眨巴了几下眼睛："新来的同学？"

"是啊，他今天刚到。我来介绍一下，他叫……呃……巴里·骨头。"

害你夫人看了加森一眼："欢迎你来到闹腾学校。"

加森打了个嗝儿。

害你夫人对我说："你简直让我震惊！我真不敢相信你居然愿意让他和你同住，你从来都不愿意别人跟你住，总是想一个人住。"

"哦，我……我想给他破个例，"我说，"让他有个良好的开端。"

"那太好了，伯尼！"害你夫人说。

加森嘴里流出一长串口水。我赶快站到它身后，抱住它，把口水印遮住。

"伯尼，你在干什么？"害你夫人问。

"我要从现在开始建立一个新的传统——"我非常认真地说，"每晚临睡前的握手和临睡前的拥抱。"我一边说一边把加森抱得更紧了。

害你夫人的一个眼角渗出了一滴眼泪："伯尼，我从来没有想到，你居然有这么温情的一面。每晚临睡前的拥抱，这个主意太好了！"

她走上前，热情地伸出手说："欢迎你，巴里。我们每天晚上都要握手互致晚安。"

我仍紧紧地抱着加森不放，顺势伸出我的手。于是，害你夫人握了握我的手。

"也祝你晚安，伯尼。"她说。我又伸出了手。于是，害你夫人又握了握我的手。

然后，害你夫人转身走了出去。

哇，好险！终于闯过这一关了！

害你夫人刚一出门，费曼、贝尔彻和克伦齐就冲进了我的房间。

"伯尼，你差点被她发现了。"费曼说，"你那'新来的同学'的谎话太绝妙了!"

"太绝妙了!"贝尔彻附和了一句。

"但你很快就会露馅的。"克伦齐说，"接下来你准备怎么办呢?"

"不会露馅的，我们一定要做得天衣无缝。"我说，"下一步，我们该给巴里注册学籍了。"

第十四章
夜闯校长办公室

我一直在听着害你夫人的动静——

我听见她咯噔咯噔地爬楼梯，然后一直上到顶楼，最后听见她关上房门。

费曼、克伦齐和我赶紧穿好衣服，蹑手蹑脚地溜出宿舍楼。

凉爽的夜晚，微风习习。天地漆黑一片，没有月亮，也没有星星。

我们鬼鬼祟祟地穿过草地。我走得飞快。费曼和克伦齐要小跑着才能跟上我。

"你再给我说一下，伯尼，"费曼小声地问，"我们为什么要溜到校长办公室去？"

"给新生注册啊！"我说。

我们来到呕吐校长的门口。他已经睡了。所有的灯都关了。

我们从后窗户溜了进去，手里拿着手电筒，光柱在墙上四处起舞。校长的办公桌非常大，上面堆满了文件和纸张。桌子的一边摆着一台台式电脑。

墙上挂着两个镜框：一个装有呕吐校长穿着黑色学位袍的照片；另外一个装有他在一家主题公园的照片，他正在和一个大腹便便的人握手。

真奇怪。

"嘿，快来看！"克伦齐说，"校长桌子上居然有一罐夹心糖豆。"克伦齐打开罐子，吃了一颗。

费曼也从罐子里抓了几颗："嗨，克伦齐，你喜欢哪种口味？"

"黄瓜的。"克伦齐说，"我喜欢黄瓜口味的。"

"我喜欢实心的，不带任何夹心的那种。"费曼说，"这种夹心糖豆太可怕了。"

"嗨，注意了！我们不是来吃夹心糖豆的。"我说，"我们有正事要办，难道你们忘了吗？"

74

费曼和克伦齐狼吞虎咽地说："我们要干什么，伯尼？"

"赶快浏览这一堆文件，"我用手电筒照着桌子说，"在里面找《新生花名册》。"

他们像猫一样开始在那一堆文件中乱扒乱刨。我走到靠墙的文件柜前面，翻找起来。

"找到了。"我一边小声说，一边抽出一本厚厚的文件夹，"好了，伙计们，我们可以开工了。"

我把文件夹摊在桌子上："来吧，伙计们，让我们注册吧！你拿手电筒照着这儿。嗨，克伦齐，你在干吗呢？"

"我吃到了一颗洋葱味的夹心糖豆。"他说，"太难吃了！"他又往嘴里扔了颗糖豆，"嗯，这颗是西红柿口味的。"

我拿出钢笔，仔细察看《新生花名册》。

"嘿，伯尼，你要干什么？这有什么用呢？"

"我要把加森注册成新转入的学生。"我说，"如果把加森注册成学生，那它就不再是宠物了，对不对？既然它不是宠物了，那他们也就不能开除我了。"

"可是，可是……"费曼结结巴巴地说，"这怎么能行？这不会管用的。"

"放心吧，"我说，"它绝对不会是这所学校唯一一名

四条腿走路的学生！"

克伦齐只顾着吃夹心糖豆，一点忙都帮不上。但费曼还行——他用手电筒照着《新生花名册》，好让我填写表格。

我在花名册上写了加森的新名字：巴里·骨头。然后胡乱填写了表上的其他项目。

"我太兴奋了，巴里将成为闹腾学校的一员！"我说，"克伦齐，你给我放下夹心糖豆！把那边的柜子打开，给巴里找几件学校的制服衬衫和帽子。"

克伦齐打开柜子，在一堆衬衣和汗衫里乱翻一气，说："麻烦了，伯尼，这里根本就没有适合狗的尺码。"

"没关系，"我说，"拿大号的就行了。"

于是，克伦齐找出一件衬衣、一顶帽子。

"最好拿两件衬衣。"我说，"巴里的口水很多。"

克伦齐又递给我一件衬衣。

"好了，这里的事办完了，我们赶快走吧。"我说，"还要给巴里作好明天上学的准备呢！"

我们往门口走去。可是克伦齐还是忍不住嘴馋，他看见桌子上有两颗夹心糖豆，就跑回去，捡起来，丢到嘴里。他嚼了几下，脸上露出恶心至极的表情："恶心，这种夹心糖豆的味道太恶心了！"

"因为那根本就不是夹心糖豆，"我说，"而是老鼠屎！"

第十五章
宠物上学第一天

第二天早上，贝尔彻去外面遛狗，我在宿舍吃早饭。我几乎咽不下那些熏肉、香肠、土豆煎饼、丹麦奶酪和玉米片粥。因为巴里今天第一次上学，我感到紧张不安。

贝尔彻遛完狗回来后，我让他给这位新生穿上校服。

这可真不容易！

贝尔彻费了九牛二虎之力，想把衬衣套在巴里头上，沿着它的四条腿扯下来。巴里很不配合，在整个过程中一直朝他咆哮吠叫。

"啊呀，我的胳膊，都流血了！"贝尔彻喊道，"你看看这条狗，都把我弄流血了！"

"没事，只不过是点皮外伤而已。"我说，"拿出点男子汉的样子来，贝尔彻！新生第一天上学都有些紧张嘛。"

"如果巴里见人就咬那可就行不通了。"贝尔彻说。

"不会的，大家肯定会发现它很友善的。"我说。

贝尔彻终于给巴里穿好了衬衣，然后在巴里脑袋上扣了一顶棒球帽，帽子下露出两片蒲扇般的大耳朵。

"你听我说，老大，这恐怕不行啊，"贝尔彻说，"你看，它的口水全流到衬衣上了。"

"费曼不也流口水吗？"我说，"走吧，上课时间马上就到了。"

我们领着巴里下楼了，快走出楼门的时候，碰到了大头比利。

"嘿，你们要去哪儿？"

"去上课啊！"我说，"你怎么笑得

这么开心，伙计？"

"你看看这个——"大头比利把一张纸在我面前晃了晃，"我历史考试成绩特棒，得了四十八分，简直难以置信，是不是？"

"哇！"我盯着他的试卷，他居然答对了将近一半的试题！

"你真厉害，比利！"我说，"哦，伙计，你这个成绩能把全班的平均分提高好几个百分点！"

他扭头看着巴里。"嘿，你好吗？"他问那条狗。

巴里抬起它湿漉漉的眼睛，瞪着他。

"它是刚转学来的学生，"我告诉比利，"今天刚到。"

"嗨，祝你好运！"比利一边说一边伸手来和巴里握手。

巴里伸出一只爪子，他们握了握手，比利就匆匆忙忙地走了。

比利刚一走，贝尔彻就赶紧对我说，"伯尼，他根本就没有发现！你看到了吗？那么聪明的大头比利根本就没发现巴里是条狗！"

我摸着下巴说："或许我们应该给比利取个新的绰号！"

贝尔彻使劲地点头："是不是给他取个白痴比利之类的绰号？"

"现在没时间考虑这个问题了。"我一把把巴里推出门，"看看我们能不能把所有的人都糊弄过去。如果不行，那我的麻烦就大了。"

几分钟之后，我带着巴里来到害你夫人上课的教室。"害你夫人，这是刚转学来的新生。巴里·骨头。让他坐在哪里呢？"

噗——突然一声巨响，我听到很大的一声放屁声。

害你夫人转过身，翘起鼻子嗅了嗅。

"哦——这是什么味道？"她吸着气说，"怎么这么难闻？"

所有的学生都抬手捂上了鼻子，教室里响起一片嗡嗡的抱怨声。

巴里盯着害你夫人，害你夫人也盯着巴里。

我的腿开始发抖。她会不会发现她的新学生有那么一点点像斗牛犬呢？

第十六章
狗会讲法语！

学校里大喇叭又刺啦刺啦地响起来了——

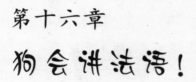

只听呕吐校长清了清嗓子,说:"同学们请注意,应同学要求,我们在这次拼写大赛中只采用一个字母组成的单词。我们经过慎重研究,认为采用一个字母的单词进行比赛还是有点简单,所以,干脆取消拼写大赛算了。也就是说——拼血大赛取消了!"

害你夫人盯着我胖乎乎的斗牛犬说:"巴里,我们马上要上法语课了。你会说法语吗?"

巴里打了个饱嗝儿。

嗝嗝嗝……

"他说什么?"害你夫人问,"我听不清楚。"

"巴里说:'会的,夫人。'"我说,"它很害羞,说话声音很小。"

害你夫人微笑着问巴里:"你学了几年法语了?"

巴里又打了个嗝儿,嘴里还流出了哈喇子。

"巴里说:'三年。'"我急忙对害你夫人说。

"哇!学了三年法语!那你的水平远远超出了全班同学。"害你夫人说,"真让人钦佩!"

巴里有了一个非常好的开端。

"找个位子坐下吧,巴里。"害你夫人说。

"就让巴里坐在我旁边吧。"我说。我把费曼从座位上揪起来推开,示意巴里跳到凳子上去。

害你夫人透过厚厚的眼镜片看着巴里说："现在，让我们开始上法语课吧。巴里，你可以看看我们是不是都说对了。"

巴里又打了一个饱嗝，把吃进去的早餐漾出了一些。我赶快替它擦干净，让它在座位上坐好。

一上午的时间都过得很顺利。巴里坐在座位上，吐着舌头，非常警觉地盯着害你夫人。幸运的是，全班还有三四个同学也吐着舌头。

我总算松了一口气。我根本就不用担心，除非要让巴里参加合唱。

第十七章

狗也会唱歌！

古兹·跑调先生是我们的音乐课教师。跑调先生总是非常认真地给我们排练。他为我们四年级的合唱团而自豪，非常自豪。他想把大合唱排练得完美无缺。

跑调先生让我们一遍又一遍地练习同一首歌，而且他也和我们一起唱。有趣的是，跑调先生唱歌很恐怖，他根本就不着调。

学校流传的笑话之一就是说跑调先生唱歌只跑一点点调。哈哈！

哦，我觉得巴里唱歌还不至于像跑调先生那样不靠谱，所以我从后门溜进去，把巴里藏在我身后。

但巴里不愿意藏着。它从我的两腿之间钻了出来。

"啊，这是新来的同学吧！"跑调先生说，"欢迎你！别躲了。我想你的嗓子一定很不错。"

巴里的衬衣前襟全被口水浸透了，好在帽子还勉强戴在头上。

"让我来考考你，看你应该站在哪个位子。"跑调先生对巴里说。

啊？哦！我的心开始扑通扑通地跳了。考考它唱歌？

"它的嗓子疼得很厉害，先生，"我拦在巴里的前面说，"您看，它都几乎说不出话来了。"

巴里呼哧呼哧地喘着气。

"那好吧，就让我们来点简单的。"跑调先生说，他又低头对巴里说，"你会贝多芬《安魂曲》D 大调的前奏吗？"

"它会，先生。这是它最拿手的曲子。"我又挡在巴里的前面，"可是它的嗓子……我担心是病毒性咽喉炎。它整个上午一直在咳嗽。"

"伯尼，给他一个机会嘛！"跑调先生说，"我发现他很害羞。但他必须通过测验才能加入我们合唱团。"

我发现，在劫难逃了。我要露馅了。一切全完了。我要从这里被赶出去了，我明天就要在家里歇菜了。

"巴里，让我们先来点简单的。你跟着我唱就可以了。"跑调先生说着，闭上眼睛，张大嘴巴，劲头十足地唱起蓝调歌曲。

他竭尽全力地唱，把嗓门提到了最高。他唱得太烂了——跑调跑得太厉害了——连巴里都受不了了，忍不住吠叫起来。

巴里向后仰着头，一声又一声地吠叫着。

跑调先生停下来，看着巴里。

我知道，这下完了！这是我在学校里的最后几秒了。

"啊，太棒了！你唱得很有蓝调味道！"跑调先生惊叹道，"你抓住了音乐的灵魂！"

我终于恢复了呼吸。

"你是个非常出色的男高音！"跑调先生说，"你过去坐在最后一排吧，我准备让你做男高音领唱。"

哇塞！你又过关了，我的狗狗！

巴里简直是一炮走红！它第一天上学，就成了我们班最好的法语学生，成了合唱团的男高音领唱。

放学后，我牵着巴里回宿舍。贝尔彻跟在我屁股后面，帮我背书包。我赏了他一巴掌，给他打了5分。

"我们成功了！"我说，"巴里成了闹腾学校完美无缺

的学生。你说我是天才呢，还是说我只是聪明而已呢？"

"应该说你是天才，老大！"贝尔彻附和道。

多棒的一天哪！我整个晚上都觉得美滋滋的。

但是，害你夫人九点钟到我们宿舍来行过互致晚安握手礼之后，我就美不起来了。

"同学们别忘了，明天是全校考试的日子。"她说，"所以，大家今晚要好好睡一觉。请记住，考试要进行六个小时。"

她说完就转身离开了。

我坐在床上发抖——六个小时的考试？

巴里舔舔我的脸。这个无辜的家伙还不知道，它马上要因为成绩不合格而被赶出学校了，而且还要捎带上我！

第十八章

考场闹翻天

第二天早上，我心情沉重地醒了过来。

六个小时的考试。全校学生都要进行的年度考试。巴里绝对通不过的。巴里绝对不会乖乖地坐上六个小时！

我低头看着它。这个聪明的家伙摇晃着尾巴，朝我咧着嘴笑。我拍拍它的脑袋，然后给它戴上帽子。

我长长地叹了口气。"走吧，宝贝。"我说，"让我们去参加你的第一场，也是最后一场考试吧。"

我和巴里走进去的时候，食堂里早就挤满了学生。所有的学生都要在这里参加考试——从二年级到八年级，无一幸免。

我和巴里在最后一排坐下来。有三位老师在给大家分发试卷和铅笔。我帮巴里把试卷放在桌子上。

我教巴里怎样在答题卡上涂答案。可是巴里一口咬住铅笔大嚼特嚼起来。

没办法了，一点办法都没了。

铃声响了。

"好的，同学们，"一个老师说，"现在开始答题了。祝大家好运！"

是的，好运气。我今天早上需要的不仅仅是好运气。我瞪着巴里，它已经在试卷上流了一摊口水。

我又帮它打开试卷，把铅笔插进它的爪子里，握着它的爪子在答题卡上涂抹。然后，我打开自己的试卷，低下头答题。

整个大厅安静下来。我一口气做完了三四张试卷，连头都没有抬一下。试题相当容易。

我看见"春天的花骨朵"琼坐在桌子的另一头。她抬起美丽的脑袋，吸溜着漂亮的微微上翘的鼻子。突然，她喊了一声："哦——怎么这么臭？"

整个大厅嗡的一声炸开了锅，全是抱怨声、喊叫声。

"什么东东这么臭？"

"哇——我受不了了。这是什么味？"

"臭鸡蛋？死鱼？橡胶烧着了？"

"哦——快！我要吐了，太恶心了！"

同学们被熏得直流眼泪。有的已经开始呕吐，此起彼伏的呕吐声音在高高的天花板下回荡。

加森噗的一声，再次展示了它的绝技。

这下，考场里所有的人都开始仓皇逃窜了。

一个个呻吟着、喊叫着，捂着鼻子，破门而逃。同学们急着跳起来逃窜，弄得试卷到处乱飞，撒了一地。

只几秒钟的工夫，整个大厅就空无一人。

我也受不了这臭味了。我合上试卷，跑到门外。

"好，"我对自己说，"这是最好的结局，难道不是吗？"

第十九章
幸运的获奖者

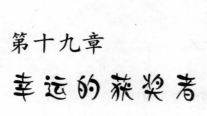

第二天早上，我和巴里走进教室，刚坐到座位上，就发现害你夫人今天的神情很严肃。

铃声响了。害你夫人抬手示意大家安静："注意，同学们请注意。呕吐校长很快要来说说昨天考试的事。"

啊?!

昨天的考试的确是一团糟。听说有人挤破了头、流了鼻血，还真成了拼血大赛了! 这全是我的错。我的意思是，全是我和巴里的错。

我开始暗暗准备我的告别演说。

我身边的巴里开始大声地喘气。我还没来得及制止，它就一下子从凳子上跳了下去。我伸手去抓，但抓了个空。

它的帽子掉了。它朝讲台上的害你夫人直接扑了上去。"巴里——回来！"我大喊，"别这样，求你了！"

已经太晚了。

巴里纵身一跳，前爪抓住了害你夫人的腿。

"放开我！"害你夫人尖叫一声。她拼命地躲闪，用脚踢。她的眼镜也飞了出去。

舍曼从座位上跳了起来。

"它是条狗！"舍曼喊道，"它不是男生，它是狗！"

"把它给我弄开！"害你夫人惨叫一声。

我飞奔到讲台上，使劲把巴里从害你夫人的腿上往下拽。正在这时，呕吐校长进来了。

我终于把巴里从害你夫人身上拽开了。我双手紧紧地抓着这只还在大口喘气的小东西。

"校长先生,您今天看上去很精神。"我对呕吐校长说，"您知道您今天的样子让我想起了哪位电影明星吗?是汤姆·克鲁斯。我喜欢您的衬衣。它们在儿童服装商店降价销售,是不是?"

呕吐校长没有理我。他瞪着巴里。

"这是条狗，"他说，"狗跑到教室来干吗?"

"这是伯尼的狗！"舍曼喊了一句。

害你夫人揉着自己的腿说，"这位新学生是条狗，呕吐校长。巴里·骨头是条狗！"

呕吐校长想了想，然后脸上竟然绽放出灿烂的笑容。"学校是禁止养宠物的。"他说，"这就意味着我可以把伯尼·布里奇斯开除掉，我可以把伯尼·布里奇斯赶回家了！"

他开始放声大笑。他仰天大笑，一直笑得眼泪都流了出来。他甚至高兴得跳起舞来。他袖珍型的小脚拍打着地板。

"这是我一生中最开心的日子！"呕吐校长大喊一句。

"可是这不是我的狗！"我也喊道，"我可以证明的。"

呕吐校长脸上的笑容消失了。"不是你的狗？那是谁的？"

"我在五分钟之后就会告诉您。"我说。

他怒气冲冲地看着我。

"给我五分钟时间就足够了，先生。"我说。

他点点头："好吧。就五分钟。让你在这所学校再待上最后五分钟！我在办公室里等着和你说再见。"他说完转身就走。

费曼跑过来着急地问："伯尼，你打算怎么办？"

"想知道兑奖券大奖的奖品是什么吗？"我告诉他，"就是巴里！获奖者将得到巴里。"

"可是，伯尼……"费曼刚一开口就被我打断了。

"你还不明白？"我一把捂上他的嘴，"获奖者将拥有我的斗牛犬巴里！这就意味着巴里不再是我的宠物了，所

以我也就不会被校长开除了。"

"你怎么舍得把巴里送人呢?"费曼问,"你爱这条狗。"

"一切都会过去的。"我说,"别担心,我会把它弄回来的。"

我跑到教室前面。

"大家请注意——现在,请拿出你们的兑奖券!"我说,"现在准备抽奖了。"我从书包里抽出兑奖券的存根。舍曼也在翻书包,到处找他的兑奖券。

"请大家注意手中的号码。"我喊道,"获奖者将得到一条漂亮的斗牛犬! 斗牛犬就是奖品!"

我抽出获奖券的存根。

"下面宣布大奖的获奖号码,"我说,"号码是 32489!谁手中有这张兑奖券? 大家看看自己手中兑奖券的号码。是谁赢得了斗牛犬? 谁手上的兑奖券号码是 32489?"

下面一片安静。没有人出声。

"伙计们,快点,"我看了看手表,说,"快看看获奖的兑奖券在谁手上?"

"伯尼,看看你自己的口袋。"贝尔彻悄悄对我说。

我的口袋? 哦,对了。

我拿出从舍曼背包里掉出来的十张兑奖券。现在,它们又属于我了。结果最上面一张的编码就是 32489!

我使劲地盯着这张兑奖券，使劲地咽了口唾沫，使劲地眨了眨眼睛。

　　"我，我赢得了斗牛犬。"我结结巴巴地说，"我，我是……（我开始抽泣）我是那个幸运的获奖者！"

　　底下的学生开始起哄。他们认为兑奖券是个骗局。

　　害你夫人跑上来说："那么，这条斗牛犬还是你的。"她拽着我的胳膊说，"你跟我走，伯尼。我很遗憾，但校规就是校规，谁也不能破坏的！我们闹腾学校的所有同学都会想念你的。"

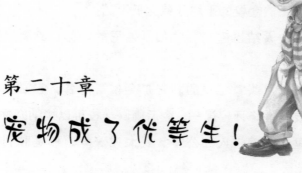

第二十章

宠物成了优等生！

害你夫人把我拽到呕吐校长的办公室。

"那条狗是伯尼的。"她告诉呕吐校长。

"太好了！"呕吐校长高兴得大喊一声，他朝空中挥舞着袖珍型的拳头，"好！好！我可以把他赶回家了。太好了！"

突然，他的笑容僵住了。

"哦，等等。"他打开大大的文件夹，开始认真地研究起来，"哦，等等。"他说，"哦，不。哦，不。"

他的肩膀耷拉下来，长长地叹了口气。

他对害你夫人说："巴里·骨头是昨天唯一一个坚持到最后的考生。他考了最高分。"

害你夫人的嘴巴张得大大的，合不上了。她盯着呕吐校长："您的意思是……"

"这条狗应该获得奖励。"呕吐校长说，"我不能把它开除了，不然全校的平均分就太低了。"

害你夫人结巴起来："伯，伯尼的，狗，狗要继续待在学校？"

校长点点头："是的。它是全校第一名。它必须待下去。我要马上修订校规——今后闹腾学校可以接纳宠物。"

巴里小跑着进入办公室。我大喊一声，那是胜利的欢呼。

"谢谢您，先生！"我握着校长的手说，"您不会为您的决定而后悔的，巴里肯定会给学校增光添彩，先生。巴里会让您感到自豪的。"

"救命啊！"害你夫人突然大叫一声，"把它给我弄走！把这个新生从我腿上弄走！"

系列 预告

鼻涕虫大赛

（精彩片段）

The Good, the Bad and the Very Slimy

贝尔彻碰到麻烦事了

你可能感到奇怪：我，伯尼，为什么要下决心改变自己的行为，改变自己的性格，做一个全新的人？

一个全新的伯尼·布里奇斯！这简直太不可思议了，是不是？

尤其是，原来的伯尼·布里奇斯是那么完美无缺！

不过，新的伯尼·布里奇斯会更加完美。你会明白其中的原因的……

千万不要误解，我对闹腾学校的生活没有任何不满之处，相反，我觉得它非常完美。我认为，所有的学生都应该离开父母，住到寄宿学校。

我和我的死党住在学校后面的一栋老楼里。老楼的名字叫做闹腾楼。不和父母住一起的生活，简直太棒了！

当然，我们和住在对面宿舍楼里的家伙的确有些矛盾。他们的宿舍楼叫做豪楼。大家想想，愿意住在名为"豪楼"的地方的人，会是什么样的怪物呢？

不过我好像有点跑题了。我知道大家都迫不及待地想听我讲故事——因为故事全部是关于我了不起的伯尼的。

故事的缘起，得从某天晚饭后的学生活动中心说起。我每天晚上都会和伙伴们去学生活动中心，打打台球、玩玩电子游戏或者干脆闲逛。

在穿过游戏室的时候，我听到我的朋友贝尔彻在喊我。

"伯尼，我的手被夹住了！快救救我！我被夹住了！"

为什么我的朋友们在碰到麻烦的时候总会叫我的名字呢？是不是因为他们都知道我是个天才？

"伯尼——救救我！"

我没花多长时间就明白了问题的所在——

贝尔彻跪在地上，一只手被夹在了自动售货机的出口里。确切地说，他整只胳膊都已经伸到里面被卡住了。

他扭头看着我，大颗大颗的汗珠子从他胖乎乎的脸蛋上滚下来。这个可怜的家伙看来疼得不轻。"老，老大——快救救我，把我从这儿弄出去！"

我伸手摸了摸他的脑袋："贝尔彻，我都告诉你多少回了？你应该先把钱放进机器里去，然后才能去拿东西。可你总是把顺序弄反了。"

"可是，伯尼，你把我的钱全拿走了，你忘了吗？"他哀声怨气地说，"你说你在给我建立上大学的基金。"

"贝尔彻，你都已经九岁了，"我说，"你应该学会为自己的将来打算了，所以我才替你把钱放在一个安全的地方。"

"一个安全的地方？"

"是啊！就是我的钱夹子里啊！"

我用力拽了拽他的肩膀。他大叫一声——这个可怜的家伙真的被卡死了。

"你最好还是接受你的新外号吧！"我说。

贝尔彻瞪着泪汪汪的大眼睛，抬眼看着我："新外号？"

"对呀。独臂侠，怎么样？读起来又顺口又响亮，是不是？"

附录

 之闹腾小词典 2

【闹腾学校】 本文故事发生地。英文为：Rotten School。Rotten 意为：腐烂的，恶心的，乱七八糟的。

【闹腾楼】 伯尼·布里奇斯和他的伙伴们所住的宿舍楼。英文为：Rotten House。

【豪楼】 舍曼·奥克斯等富家子弟所住的学生宿舍楼。英文为：Nicy House。Nicy 意为：好的，富有的。

【呕吐校长】 闹腾学校的现任校长。英文为：Headmaster Upchuck。Upchuck 意为：呕吐。

【害你夫人】 闹腾宿舍楼的管理老师，兼任四年级班主任。英文为：Mrs. Heinie。Heinie 意为：屁股。

【加森】 伯尼·布里奇斯的宠物斗牛犬。英文为：Gassy。Gassy 意为：吹牛的，夸夸其谈的。

【流皮】 伯尼·布里奇斯的宠物鹦鹉。英文为：Lippy。Lippy 意为：爱顶嘴的，出言不逊的，无礼的。

【古兹·跑调先生】 闹腾学校的音乐课老师。英文为：Buzz Off。Buzz Off 意为：离去，离开，跑掉。

【巴里·骨头】 伯尼·布里奇斯在学校的新生花名册上为他的宠物斗牛犬加森注册的新名字。英文为：Barry Bone。Bone 意为：骨头。

读一本勇敢的书　做一个聪明的人

R.L.斯坦作品

美国超级畅销童书作家R.L.斯坦部分作品（中文简体版）书目

（以下图书均由接力出版社出版）

1."闹腾学校系列"（该系列中文版已出版两册，后续图书将与国外同步出版）

　　该系列描写了以伯尼为首的聪明调皮、善搞恶作剧的一群小学四年级学生在闹腾学校所发生的种种趣事，夸张而幽默的描写，把当代美国儿童丰富多彩、个性张扬的校园生活表现得淋漓尽致，活灵活现地展现了儿童的想象力和创造力。

★独一无二的酷玩学校　幽默快乐的心理体验
★超搞笑令人捧腹　超开心令人神往

《蓝莓饼大战》定价：11.00元
《拼血大赛》定价：11.00元

2."超级惊险系列"（该系列中文版已出版两册，后续图书将与国外同步出版）

"超级惊险系列"是R.L.斯坦继"鸡皮疙瘩"之后的最新长篇系列小说。作品以比较固定的人物贯穿始终，讲述了小男孩马科斯由超级胆小鬼变为超级勇敢者的系列惊险故事。语言幽默生动，情节更为惊险。随着一个又一个谜团的解开与一个又一个惊险的到来，故事高潮迭起，精彩纷呈，令人不忍释卷、一读为快。

《隧道惊魂·极度狂躁》定价：16.00 元

《夜闯神秘屋·蛇湖》定价：16.00 元

3."鸡皮疙瘩系列丛书"（该系列中文版已出版24册）

★ **该丛书全球销量目前已突破 2.7 亿册**

★ **1999年被吉尼斯世界大全评为历史上销量最大的儿童系列图书**

★ **截至 2006 年 5 月中文简体版热销约 350 万册**

★ **连续 36 个月高居全国少儿畅销书排行榜前列**

每册定价：16.00 元

桂图登字：20–2005–191

THE GREAT SMELLING BEE by R. L. Stine and illustrated by Trip Park
Copyright © 2005 by Parachute Publishing,L.L.C.
Simplified Chinese translation copyright © 2006
by Jieli Publishing House
Published by arrangement with HarperCollins Children's Books
ALL RIGHTS RESERVED

图书在版编目（CIP）数据

拼血大赛/（美）斯坦著；陶明天，蒋珺译.—南宁：接力出版社,2006.6
（闹腾学校系列:2）
ISBN 7-80732-376-0

I.拼… II.①斯…②陶…③蒋… III. 儿童文学-中篇小说-美国-现代 IV. I712.84

中国版本图书馆 CIP 数据核字（2006）第 037956 号

责任编辑：冯文革　　美术编辑：郭树坤
责任校对：郭绪杰　　责任监印：刘　签
版权联络：孙利冰　　媒介主理：覃　莉

出版人：李元君
出版发行：接力出版社
社址：广西南宁市园湖南路 9 号　　邮编：530022
电话：0771-5863339（发行部）　　5866644（总编室）
传真：0771-5863291（发行部）　　5850435（办公室）
网址：http://www.jielibeijing.com　　http://www.jielibook.com
E-mail:jielipub@public.nn.gx.cn

经销：新华书店

印制：三河市汇鑫印务有限公司
开本：850 毫米×1168 毫米　　1/32
印张：3.75　　字数：66 千字
版次：2006 年 7 月第 1 版　　印次：2006 年 7 月第 1 次印刷
印数：00 001—20 000 册
定价：11.00 元